JN096992

二本

futamoto

一色さくら

歌集

青磁社

ふるさと

ヒストリア

プエルタ　ローハ（puerta roja）

パティオ

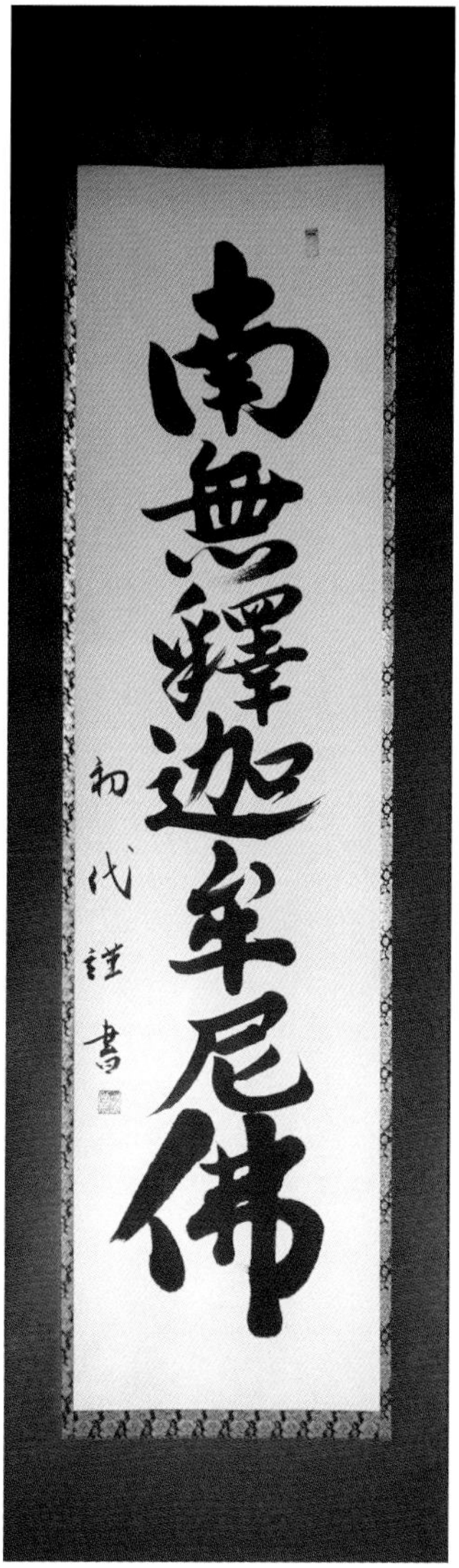
南無釋迦牟尼佛
初代謹書

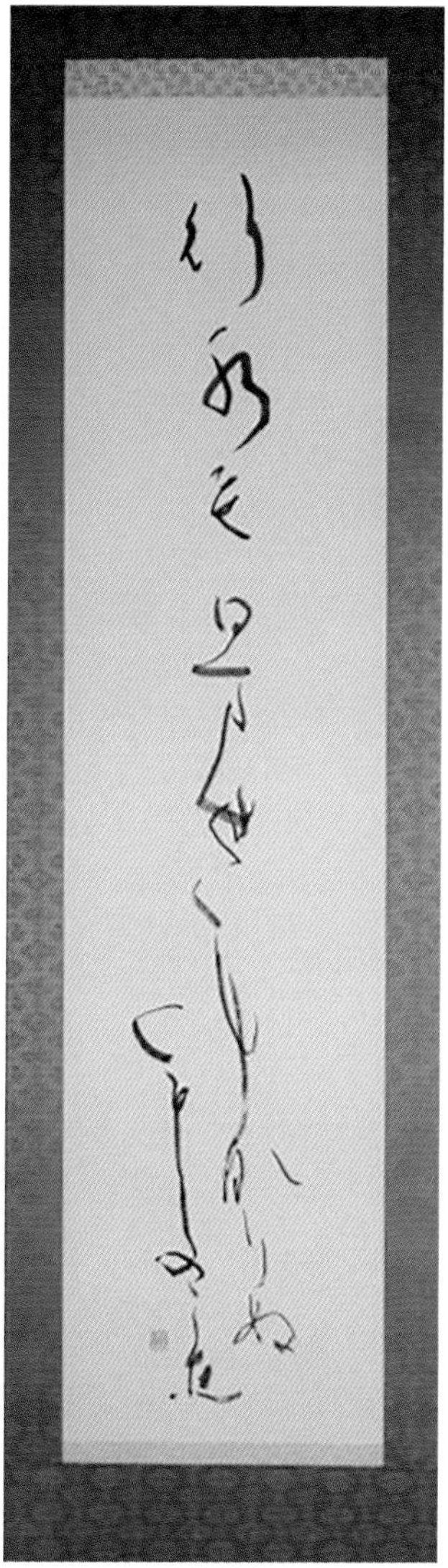

二本＊目次

I

一色さくら歌集

二《ふた》本《もと》

I

とんどの煙

境内にとんどの煙きれぎれにゆずの実五つ黒々と在り

夕間暮れ曇硝子を橙に染む一軒家人影の浮く

へん古亭の奥より響く下駄の音夜明けの京に梅蕎麦啜る

カラカラと土竜脅しのかざぐるま山の畑に乾いた音の立つ

気管切開手術終えし我が夫の息安らけし夜更けの病室

夫の背

いつの間にかくなりたるや夫の背の肩甲骨の尖り目に入る

打つ手なく抗癌剤切るとう医師は夫の震える指先を見ず

退院の朝のベッドに振り向きし夫のネクタイの紅鮮らけし

鉄塔に足踏みしていし大き鳥未明の空に飛び立ちゆけり

ご詠歌を唱ううからの傍に亡き夫の愛猫も添いきておりぬ

犬の遠吠え

夜半過ぎ「二階に避難せよ」の声雷鳴雨音犬の遠吠え

人も家も呑みし土石流幾条もの崩れし山膚赤々と剝かる

球児らの声響きいしグランドに瓦礫の山は連なりてゆく

床下の泥をかき出すボランティアへ男孫は亡夫の長靴履きてゆく

硬き骨一筋残し秋刀魚喰う男孫の手つき亡夫に似て来ぬ

農夫なる埴輪の面に虚ろなる穴二つ我を吸いこまんとす

黒豆のごと肛門を全開し尻尾ふりふり豆柴さくら

水たまり首を突き出しチロチロと舌先見せる黒き迷い猫

電気柵取り払われし刈田には白鷺ゆるり舞い降りてくる

がらんどうの檻

猪狩りの猟犬らは深手負い入院したらしがらんどうの檻

ニンジンに南瓜・甘藷猪の喰うは人と変わらず蚯蚓の他は

暗闇に鼻息荒き気配して照らす灯りに猪の潜む

薄氷張る田の面に雪纏う妙高山の影映りておりぬ

被災せし酒蔵で生れし吟醸酒賞を得たりと地元紙伝う

亡き夫を裁判員に選びしと最高裁より知らせの来たり

地域おこしの「百人一酒」瑠璃色の瓶に人の名刻まれており

里芋は子や孫、曾孫、玄孫も引き連れて土の中より出で来

夢

指いっぱい開きて夢をつかまんと児童らの手形廃校の門に

取り囲み六つ揃える膝頭我に迫れり役員交代

歯を削る医師の白衣に纏いつく煙草の臭い鼻孔に入る

蔕《へた》付けて褐色に染まるつるし柿冬の陽浴びて画材となれり

黒豆の香たちくる友の味噌一年寝かせしと添え書きのあり

電気柵の支柱くっきりと影落とし山に猪も目覚めておらん

テロ組織の流布せし映像そのままを教材にせし教師のありと

弔問に訪いし家の勝手口土付き生姜転がりており

軒下に吊るす今年の玉葱は亡夫の作りしよりは小さき

鉄屑はなきかと訪いし男は納屋の端々に眼を泳がせ去りぬ

高三の男孫の願いし選挙権十八歳に引き下ぐと告ぐる待合室

余韻

「椿姫」の幕間のロビーシャンペンを片手に恋の余韻漂う

出征し帰還せしも黙ししまま逝きし父なり七十年目の夏

夕影にドローンの案山子チカチカと稲穂の波を照らしておりぬ

敗戦日戦火をくぐり田畑を守りこし老い人荒草をひく

長雨で倒れし稲は陽を浴びて一日をかけ立ち上がりくる

無花果の大枝小枝に青々と坊主頭のごとき実のなる

女性にも職をと我に教師の道を勧めし母は大正生まれ

鉄幹と晶子はここにも来ておりぬ天草の内海臨み碑の立つ

雨乞い虫

炎天の墓石の窪みに長々と雨乞い虫は身を潜めおり

備中で土掘り起こし大根の種蒔き終えぬ亡夫のしていたように

青々と茂れる小豆の葉陰に黄味の花散りては実の生れ出ずる

赤トンボ交わりしまま舞い上がり一輪車の端に止まれり

中腹の墓の辺の草刈る音の静もりてうす煙立ち昇る

瓜を干す平籠の縁の辺りにトンボ止まりて顎動かし始む

笹の葉の陰に揺れいる短冊に「あなたに会いたい」と繰り返しあり

敷藁の上に蔓這わせここかしこのスイカの玉は重くなりゆく

「夕やけ小やけ」

流れくる「夕やけこやけ」のメロディーに鼻面高く老犬歌う

初咲きの祖谷《いや》風車《かざぐるま》の葉の上に豆粒ほどのでで虫生れる

刈り取りしドクダミ束ね亡き夫の手順たどりて日陰に干しぬ

カタカタと薬缶の蓋を押し上げてドクダミ茶の香キッチンに満つ

水張田に月影落ちてあわあわと揺れる木立に蛙鳴き交う

寝そべりて猫は見ている猪除けの柵に囲まれ畑打つ我を

奥村に水の張られぬ田の二つ三つ増えゆくを横目にて過ぐ

一泊の同窓会明け散りてゆくまた会えるとは限らぬものを

陽だまりの座布団

陽だまりの座布団ひとつ空けてあり媼の出を待つ敬老会

掘りたての竹の子に糠一つかみ添え届ける老いは長靴履きて

台風は逸れてゆきたり色づきし柿のつぶれを蜂は突きおり

猪の掘り起こしたる刈田跡に青鷺一羽舞い降りて立つ

集落の墓守の減りゆく様を有志ら集い調べてくれし

川トンボ春の山路に影落とし我の後先数多付き来る

同居なれど独りと思う日は離れに籠もりて一日を過ごす

癌治療拒みたる義姉手作りの刺繍の花に包まれて笑む

柩まで寄り添いて来し千羽鶴あかりの落ちて棺に納まる

父の顔

息子の首にネクタイ結ぶを見つめいる父の顔眩し入学の朝

地蔵さんに手を合わす女《ひと》の左手紅いリードの行きつ戻りつ

老いに入る三人姉妹の初旅に母も連れゆく背のリュックに

こもごもに乗り越えて来しものを秘め露天風呂に身を沈めおり

動かざる猫の視線を辿りおれば黒糖入りのあじ一尾在り

手負い猪に襲われし人遂に出で狭められてゆく人里の界

無言の語らい

小豆捥ぐ背中合わせの老夫婦無言の語らい冬の陽温し

稜線の美しさに惹かれしと越して来し男《ひと》ひとり麦踏む

一定の距離を保ちし老夫婦今朝は並びてゆく散歩道

山羊を連れ散歩する男《ひと》住みつきて話題となりて座も和らぎぬ

ひと夏を寝かせし刈草は鼈甲色に朽ちて秋の田に放たれぬ

掃き清めし納屋に納まる管理機は老いゆく我の手足とならん

普代の水門

大津波を止めし普代の水門は両脚深く海を摑めり

果てしなく続く更地を巡り来て流され逝きし命を悼む

五年経し南三陸の仮設食堂満席の卓に海の幸旨し

コンクリの高き堤防に囲まるる海の見えざる漁村生れぬ

釜石の大観音は内海に眠る菩提を弔い五年経ちしか

胎内に神々宿す釜石の大観音は嫋やかに立つ

母親知らず

髪も尾も我に触れさせ眠りたるミーの子猫は母親知らず

主婦らを荷台に乗せし軽トラは凍てつく朝を日役に向かう

搗きたての餅に南天の枝を添えて故郷を詰む二つの箱に

薄墨の香の満つ部屋に独り居て年賀状書く朱の酉染めて

抗癌剤の治療始むとう友の賀状届きたり少し遅れて

診察を終えて去りゆく原付の籠に光るは草刈鎌の刃

母の意思

女も手に職をと我を育てくれし母の意思継ぐ六人の女孫は

事細かに猿情報を教えくれ爆竹を放つと言いて去りたり

軒下に玉葱しわしわ萎みきて黄緑の芽つんと出でたり

ジャガ芋の一株掘られ点々と道に転がれり猿の仕業らし

我が猫のいなくなりたる四日目を隣屋三軒に尋ねて歩く

ちょろちょろとジクザグに尿を垂らしつつ老犬は道の真中をゆけり

ひと癖もふた癖もありし校長は腰低く笑う人になりゆき

豪雨から十日経ちしも再びの水道管の破裂あるらし

精霊馬

我が畑のキュウリしの字に曲がりいて小さきを頭に精霊馬とす

飼い犬はふた息吐きて死にたりと棚経終えて僧は語れり

骨太に抱負を述べる新人の女性校長の腰骨高し

竹ヤリで突く訓練受けしこと師は語りおり杖を支えに

焼夷弾の焼け残れるを胸に抱き師は軍国の闇を語れり

生い茂るシダの葉摑み地上根をまたぎて登る我は喜寿なり

独り居のかなゑさんちの裏窓を叩けばかすか影の動きぬ

嫁ぎきて六十路過ぎしも自らをよそ者という人の横顔

七回忌の夏

夫逝きて野菜作りのノウハウを会得なしたり七回忌の夏

警報の続きいる昼の福知山シネマ「万引き家族」は中入り

さくらさんが素手で涙を拭いたる化粧っ気なしの顔は本物

大雨に台風地震の列島は閉めっぱなしの雨戸に暮らす

一色の姓を継ぐと男孫言い仏間にひとりあれこれ思う

湯たんぽに尻尾を添えて百歳のさくらはスースー寝息たてており

栗林の切り株に鍬一丁立てかけてあり錆びし刃に冬の陽鈍く

妙高山

大銀杏は数多の小枝裂かれしも妙高山を仰ぎて立てり

夕まぐれ番いの鹿は間をおきて跳びはね跳びはね山に消えゆく

玄関の注連飾りやや傾きてみかん失せしは猿のしわざらし

書き納めとう年賀あり自らが縁を断たんとするは寂しも

柿なます千枚漬けにきんとんもみな我が畑で採れしものなり

熱帯ぶるとんどの灰を我が家の隅角に撒き餅箱洗う

黒き糞

黒き糞納屋に点々と転がりて米の袋にぽつぽつと穴

浴室の天井裏を塒としネズミ一家の住みているらし

壁伝いにイタチの三本爪の痕鼠を追いし形跡ならん

我が納屋の天井裏で密やかに営まれいし小動物の暮らし

糞の処理、鼠の捕獲、封鎖にと八万円の見積書届く

誇りもち勤めし教育現場なりブラック企業と断じて男孫は

七重八重に身を包みいる蕗のとう日陰に三つ頭持ち上ぐ

春握りしむ

黒マルチめくれば土の黒ぐろと溢れる両手に春握りしむ

尿漏れのさくらの薬我と同じ袋に入れて冷蔵庫に保管

開封し薬を口にした途端苦みの強し朝の厨は

しまった愛犬さくらの薬なり我の喉元通りし一服

兎角苦いスマホを握り先ず電話小川動物病院の受付

人間には害なきことを確かめようやく我の落ち度を思う

柵を掴み歩行繰り返す人の影濃くなりゆけり図書館裏に

隠れいしや取り残したるふきのとう白い花房一斉に咲く

路の端にへたり込みたる老犬の目を覗きつつ我もへたりたり

甲高き草刈る音の響き合い遠近の里に土の匂いす

長く長く引き籠もりいし子を刺しし次官の眉毛の白々として

短冊

一に元気二に現金とう願いごとの短冊揺るる農道の案山子

我が畑のエンドウの蔓引き摺りて坂登る猿ありと知らせあり

夏野菜の値も上がるらし胡瓜の肥満もくのじも冷蔵庫に詰む

墓地の整備出でざる家も負担金出し合い過疎化も極まりゆけり

浮き出る手の甲の静脈に激痛の走り剪定バサミ放り出す

手の甲の腫れ引き初めてしわしわの我の素の皮膚現れ出でく

老犬は我の足元先んずると止まり下がると歩き出すなり

六地蔵

六地蔵を這うみどり色のカマキリの右前脚はひとつ欠けおり

布団の上宿の浴衣の裾からげ足裏並べて健康談義

ＩＣＵにて脚力つけいし亡き夫の心を偲び我に課すリハビリ

泥の中から鮮やかな朱の爪泳がせ三匹の蟹現るる

つぶれ柿に被さり蜜を吸う蜂の背は身じろぎもせでいと静か

夕月の傾く山の端広がれる赤紫にひこばえ染むる

背丈ほどの鹿柵続く坂道に麒麟草の影あわあわ迫る

野面積み

野面積みの石垣に名の刻まれし墓石の埋まる福知山城

切り取られし友の胃の癌細胞は黒ぐろとリンパ節巻き込む

おりおりに鼠の気配する米蔵に子の年祝い注連縄飾る

人気なき御堂の裏に三本の桜の裸木かすかに揺らぐ

日当を配りし男《ひと》は長靴の泥跡残し帰りゆきたり

由良川を鎮めし蛇ヶ端御藪を民は明智藪と言い継ぎ来ぬ

糸水仙

木の陰に三十度ほど首傾げ糸水仙の群れ匂い立つ

擦り切れしくずし字辞典広ぐ男手《ひと》の甲太き静脈の浮く

櫛入れれば老犬の背の骨格の凸凹顕わになりてゆくなり

川向うの牛舎より夜もすがら啼く声の絶えず仔の売られしか

榊樹の梢にカラス柿ひとつ隠して忘ると庭師が言えり

巣ごもりの日々に有り難く土に触れ花を愛でいる田舎暮らしは

軽トラの菰に包まるる木の根っこ桃の花揺らし花嫁御寮

水張田に外灯の灯のぼんやりと山影落とす墨絵のごとし

無花果の大枝小枝に葉の繁り三密の陰に青き実いくつも

病む犬をかわるがわるに看る子らに我の老後を重ねてみるも

空咳の続く日のあり五分咲きのムラサキシキブ一枝手折りぬ

澄んだ瞳

「五十年目の真実」三島氏の澄んだ瞳と射ぬく眼光

白萩の散り敷く路を紅い傘ひとつゆらゆら通り過ぎゆく

喰い入りし指輪を外し六ヵ月自在に動く左薬指

盆間近仙骨あたりにカイロ貼りじわじわ効き初めあら草を刈る

真夏日にマスクして解く古文書の生徒も師も皆七十路八十路

空咳をせし我に身をよじり背で諫めんとする前席の人

朝まだきパンパパーンと三発の不揃いの音空鉄砲か

間をおきて放送ありぬパトカーも二台駆けつけ熊が出でしと

朱の口

秋雨に無花果の実は朱の口を開けしままぽたぽたと落つ

名もなき草の花群は紫の実を付け山裾を染めあげていく

雪崩打ち一気に生れし菅政権一気に壊すか学問の自由

永田氏は任命拒否の歌五首選ぶ朝日歌壇の十首から

人のいぬ山里の路を市長選の宣伝カーが駆け抜けてゆく

播州織のストライプマスクになりて講師の口もと粋に見えおり

てっぺんにひとつ残りし柿の実に啄ばみし痕いくつもありぬ

老犬の便の具合を事細かに家人に告ぐも我の日課とす

赤門の碑

赤門の碑に削られし跡ありて指になぞれば光秀とあり

神池の堤防を熊が歩いてたとこの秋三度目の熊の情報

黒井城址帯曲輪の戦跡老女が登る令和となる世

山道の落ち葉重なるその下に千切れし葉を喰う虫のいるらん

タンジェにて痩せて長身の人映りその眼差しに父思う

芒穂の空家の周り群れ立ちて手招きしており亡霊のごと

丈高き芒の穂先ゆらゆらときりんに見ゆるあれはカンガルー

誰言うとなく

年の暮れ八十路過ぐるもみな屈み宮の草引く誰言うとなく

巣ごもりの正月三日手作りのおせちと餅に五人の家族

ヒバの葉は山路の真中を煌々とベンガラ色に敷きつめており

実のはじけ白き花咲く奥の畑綿を摘みいる母と幼と

村の辻石灯籠に灯をともす女人の去りて粉雪の降る

枕辺に虫の音かすか出で来れば外は夜半のオーケストラ

白壁にボールの痕のへこみあり男孫はこの春巣立ちてゆかん

夜に啼く

老犬は本能のまま夜に啼くわが膝の上《え》にわが腹の上《え》に

眠剤の半錠をのみ目を閉じしさくらの横にわれも横たう

血行の促進剤に認知症五種の薬にさくらは生きる

寒梅の苔むす枝に春の雪ふんわり紅き芽を包むなり

短足に孫の学ランだぶつかせ受付に並ぶ喜寿の面めん

蛇の皮排水溝に詰まりいしが皮の紋様陽に輝きぬ

真夏日にバケツの水を畑へと運ぶ媼の尻どっしりと

恐れながら南無釈迦牟尼佛の一軸を夫の七回忌に初披露

京アニの焼け地にあまたの夢馳せし金色の螺旋階段遺る

生れたての蜂の巣ありて今日もまたフマキラー手に引き返すなり

さくら号

長寿犬の祝いの賞状届けられたりコロナ禍の中

飼い主の我が名に添いてさくら号とあり血縁となれぬものとは

亡き夫に賞状を供えおれば写真の中さくら笑みいる

男衆三人がかりで仕掛けいし罠に猪一頭掛りたるらし

サンシュユの黄の花ふさ春雨にけぶりてあたり一面耀う

ジェンダー

下宿を引き上げてこし男孫の荷に使いさしの醤油あり

母親の「しっかり自炊してたのね」とう声のするドアの向こうに

「料理の出来る男は人気ある」とうそぶく男185センチ

20のレパートリーに広げては学友らにも振舞っていたらし

親父より腕をあげしとチャーハンの大盛りふたつ色鮮やかに

「子育ては俺もするよ」とつぶやきて老犬のおしめを器用に替えおり

ジェンダーは案外に家庭の中から生《あ》れると思う日のあり

未来に繋ぐ

上司より昇任試験を受けよと勧められしも迷う日々ありて

三十年前女性校長の登用は始まったばかり繋げなくては

迷う我に「自分の道をつらぬけ」言いくれし夫あり拓かれし

教頭は朝は朝星夜は夜星と言われるがまま笑みをも浮かべ

女性は家庭、仕事に地域をも並立せよと指導のありぬ

漸くに肩の荷下りぬ退職の日午後１２時００分

二十年経ぬれども一向に増えぬ女性の意志決定の場

ジェンダー指数１２１位は令和３年今の日本の現実

根の深き女人禁制土俵の上で挨拶できぬ女性市長

人権に敏感な世を目指したき一人ひとりの声を繋ぎて

想い

生糸を紡ぎ縒りては繋ぐがに日々重ね来しわが一生

風景のひとこまひとこま切り取りて一幅の絵になる我がふるさと

八十路きて個人歌集を編みだすは生前葬のごとき思いする

許されて生かされてきたこの想い伝えたかりきコロナ禍なれど

II

春の池

山影を逆さに映す春の池あわあわと揺らぎていたり

雪分けて紅いふくさの一行が黙々と行く婚礼の朝

冬陽射す頃にそろりと動き初む胎内時計秘めたる我は

山頂の樹齢二百年の枝垂れ桜ひそと咲き初め散りてゆきたり

柿若葉仰ぎておれば空高く亡母の影淡く遠のきてゆく

正装し夫の葬儀待つおんならうっすらと笑みを浮かべて座しいる

石の下に生れしばかりの百足の子脚の付け根を動かしており

「生れてすみません」

音もなく「生れてすみません」の字幕出て上映始まる「人間失格」

昼下がりを猫ら寄り添いてクーラーに冷やされている六畳一間

竹先に吊るされし布黒き弧を描きていたり稲穂の波に

墓石に蔦からみつつ亡き父の喉仏まで届かんとせり

学童の一人もいなくなりし村　地蔵盆は姿を消しぬ

たわみたる電線の影地に落ちて真夏の空に静もりている

葉ボタンの葉放射状に喰い散らし青虫たちの越してゆきたり

銀色のしずく

雨あがり鉄製の竿に銀色のしずく止まれり居場所を持ちて

夕さりて庭に出ずれば江戸絞りの花びら白く浮き立ちており

がらんどうの長き牛舎の傍らを桃太郎という名のトラックが過ぐ

暗き土間君子蘭の青さえざえと我が足元を照らしておりぬ

糊づけの白き座布団さしだして逝きし息子を語る女《ひと》よ

訃の知らせを廃品回収のその前に流されている有線放送

一色ミーの診察券を出して待つ夜遊びをせしミーの脚だらり

秋の砥峰

眼前のススキが原を我が胸に抱きて帰りたし秋の砥峰

猪の荒らせる山膚《はだ》を紅葉《もみじば》は重なり合いて覆い隠せり

しゃりしゃりと刈草の上を踏みて行く愛犬《いぬ》の足音リズム刻みて

身の鱗一枚一枚剝がししが背ビレ鋭き棘を持ちおり

廃品回収に出すべき書籍束ねつつそっと抜き取る『恍惚の人』

指紋の襞

指先のすべりすべりて指紋の襞肉眼で見えずあわてふためく

氏神の祠近くに乱れたる猪の足跡山へ駆け上ぐ

先祖講の宿回りきて仏間に酒酌み交わす音響きけり

宝くじの発表前配当の仕分け終えたる夫は寝正月

餅箱の底につきたるまるき輪が水を含みてゆらゆらと浮く

いっせいに視線を浴びし若者は優先座席に小さくなりたり

電飾の針金の跡生々し木々の小枝に蕾脹らみ初む

天空仰ぐ

はつられし無花果の枝の断面は天空仰ぐ生々として

鬼太郎の妖怪詣での人の群れ水木ロードを行ったり来たり

川面に乗る小枝のしずく一つ落ち微笑のごと波紋広がる

斜交いに電柱・電線の影落ちて幾何学模様の浮く春の路

御影石のあまたある中七重八重に苔むす墓石異彩放てり

ババアとう妖怪の面相宿す魚市場の真ん中でんと居座る

絶滅の対馬の古衣藍色に染まりて能の舞台を歩む

被災せし人らの四十九日二輪草の白き花びらこの地に揺れる

薄墨桜

支柱に身を支えらるる薄墨の桜の枝に掛る義援箱

後方の左斜めより眺むれば憂いを秘めて薄墨桜

鎌首を上ぐくちなわに四股踏みて一歩も引かぬわが犬さくら

若者の鋤きたる畝はくねくねと蠢く大蛇畑にいっぱい

陸奥に放射能前線発生しどしゃ降りの雨列島を濡らす

今朝雨戸二枚開きぬ跡継ぎの独りの老いが里に戻りて

耕運機に半身預けて耕していし老い人は三日後に逝きたり

今日また死顔見たりうつうつと夜明けの谷間を彷徨うごとし

半世紀経て来し庭の松の木は細く曲がりて亡父に似てきぬ

渡瀬の吊橋

むらぎもの心の揺れも受け継ぎてしんがりを行く渡瀬の吊橋

山ひとつ揺るがせて鳴く蟬の声とぎれとぎれの休符揃えて

路の端に途絶えし黒き塊の群がる蟻に夏の陽が射す

ぬかるみに靴をとられし少年の駆けゆく裸足《あし》を夕立の追う

朝まだき稲穂の露を振り払い低空飛行の子雀一羽

叢にけたたましくももがきいる蟬にカマキリの脚絡まりており

夕顔の蔓の伸びゆく先端はゆうらりゆらり宙をさまよう

紀の森

神宿る紀の森の参道を女三人慎み歩く

縁結びの「連理の賢木」とう神木は二本《ふたもと》の木が一つになれり

賀茂御祖《かもみおや》の奥社務所にて紫のむすび守を購《か》う老いし男《ひと》

御手洗の川の葉陰にハグロトンボ四枚の羽を閉じてゆきたり

息せきて「わんぱく広場」駆けてゆく少年《こ》のくるぶし鋭く光る

朝霧に光れる蜘蛛の巣の奥に虫の一匹大の字に伏す

プラタナス伸びゆく枝の黄葉は空しきつめて木漏れ日降らす

今しがたたばこの煙の臭いして夫の目見つむ三秒が程

乱高下

円相場株の値動き乱高下上がり上がりて下がりて下がる

エノコログサの穂首いよいよ傾きて山裾の秋色づき初む

もぎ取りし無花果の実の奥処より蟻もそもそと数多這いだす

秋深し網戸に掛かるカマキリの青白き腹一突きに落つ

足首に刺さる痛みに見回せばひとつ秋の蚊ぶいぶい飛びいる

ひとりでの夕餉はつらしと言いのこし路地奥に消ゆる友の背見つむ

足組みて原書を読める若き男靴《ひと》の底のほころび知らず

灯のもれて青き窓辺のつるし柿影を落としてひそと並べり

白いソックス

灯のともるたこ焼き屋台の脚もとに白いソックスぶらぶら揺るる

借景の主座におさまる南天の紅ぬれぬれと艶めきており

老い人の下げし籠より白ネギの白の突き出る外灯の下

雨脚を聴きつつめぐる山道《みち》に冬いちごの紅点々と見ゆ

冬越えし柿の実へたひとつ空に残して落ちてゆきたり

雪の朝熟柿ひとつ落ちていし紅を散らして一生《ひとよ》終えたり

人気なき坂にまどろむ猫二匹やがて連れ立ち坂を下りゆく

エヘン虫暴れ出したる会議にて忍ばせし飴舌先に溶く

真新しき鳥居を囲み紅殻塗る白髪頭に紅が飛び散る

重ね着を一枚見せてまた見せて蕗のとうの芽空につんつん

ヒマラヤ杉

夕焼けの空に頭ひとつ尽きて立つヒマラヤ杉我が学び舎に

降る霜はエノコログサの長き穂に綿ぼうし被せゆらゆら揺らす

三叉路に告別式の立て札が七本立てる正月三日

やぶれ傘の穴より見える冬の月わたしを見てるそうわたしだけ

関節のバラバラはずれる音のして睡魔の襲う寝正月

喉ぼとけひくっとさせてヒロインに別れを告げる韓流スター

色付きし落ち葉の中に黄緑の一葉混じる薄霜の朝

柿の葉の散りては寄りて一隅に吹き溜まりいる所定のごとく

末谷とう我が集落は辺地とあり拡大鏡で確かめており

奈良時代に須恵器が焼かれていたことから、
「陶谷《すえたに》」「末谷」の名が今に残ると考えられる。

隠居天神

厨子開きて隠居天神仰がんと数多の首が前に傾げり

七十路に婚を解きし女《ひと》の耳朶朱のリング艶やかに揺る

限りある二人の残生綴りこし十年日記七年目に入る

凸凹の洋梨の面おかしみて二つ三つと買物籠に入れおり

神地寺の御堂の屋根に銀杏の黄葉散り敷き冬陽浴びいる

手首のブレス

声高に復興語る議員ありて手首のブレス画面を泳ぐ

受話器より絶え間なく洩るる女《ひと》の声そのままにしてくぎ煮を仕上ぐ

鍬置きてトノサマガエル抱きし夫「縁起がいいぞ」とパチンコに行く

独り家を訪ねてみれば迎えらるるボリューム大きテレビの音に

赤さびの防火水槽に備えらるる真鍮の鍵童のなき村に

ミミズの子

土割りて這い出て来たるミミズの子寒くはないか眩しくないか

プシュッと空気の洩れる音のして蛙刺ししか我の一打が

セシウムよ降るな降りくるな土深く糸ミミズの赤子生れてきたる

九輪草の花房に止まる糸トンボ透きたる翅に木漏れ日揺るる

自宅から我が携帯に掛けてみるブルルルルルー押入れの中

株主総会

再稼働下されし大飯原発より六十キロ圏内《ない》に我は住みおり

ジグザグの人垣からぬっと手渡さるるビラを片手に会場に入る

破砕帯の憂いなしとう答弁に切り裂くようなひと声「うそっ」

五時間余りの株主総会シナリオあるが如くに幕を閉じたり

山の端の梢に一羽白鷺の首すっくりと際立つ朝

彼方此方の畑のスイカ消えるとう山間深くパトカー巡る

下地塗りまつ毛をつけて紅をひき電車の内は居間となりゆき

一日かけ訪ねし医師は三秒で結果を告げて画面に向かう

知る人も無き街中をさまよいて空っぽになりとけゆく私

シリア前線

撃たれたる銃声の音遺し山本美香さんは逝くシリア前線

唐突に朝の挨拶聞こえ来る児らのその先校長先生《せんせい》の立つ

文通をして下さいとう手紙来る五十路の教え子鬱を患い

輪になりて数珠を繰りいる手のひらに血流巡り読経高らか

死人花の異称をもつ彼岸花横一列に刈り残されおり

肩すぼめひそと立ちいる白鷺の視線の先に嘴太鴉

敬老の日長生きしてと孫の電話何歳までと確かめており

古ぼけた写真見おれば思い出の回路つながり若きにもどる

Ⅲ

星生れて

冬空にぽつりぽつりと星生れて里山の闇澄みわたりゆく

露光る落ち葉の上を踏みて行く小鳥の声の降りかかる朝

白鷺のつがいは間隔保ちつつ刈田の中を歩みていたり

風そよぐ稲穂の上を白扇のごとくに見えて白鷺の舞う

鉄製の檻にとらわれしあらい熊見下ろす我と視線からまる

水の音

人の影なき山里に水の音微かに聞こゆ春間近なり

水田に波さわだちて合鴨の群れ直角に向きを変えおり

山裾の畑に残れる足跡をさぐりて農夫そろりと動く

本日は草刈サンデー若者は急な傾斜を軽々と刈る

亡き母と同じ年なる老女いて大きな玉葱収穫しおり

欠席は夫の介護のためという三人欠ける夜の会合

野焼する女の影が夕暮れの中に消えてはまた現れる

廃線跡

産道をくぐる胎児の心地して廃線跡のトンネルくぐる

シクラメン陽の射す方に首傾ぐ指揮する人の立ちいるごとし

孫投げる球の速度受け止める夫の眼が一瞬ひるむ

身体の凸凹を手に覚えさす石膏デッサン夜の教室

嫁自慢している老女をパーマ屋の鏡の中の女の眼の射る

乳癌の早期発見見習いおり模型に合わせ胸を撫でいる

骨粗鬆症の進行は仕方なしとう若き医師の脚を見つむ

目も鼻もなきムンクの絵わが裡につきささりきてうろたえていたり

女の眼

八十路過ぎ臥す母なれど手鏡を斜めに持つは女の眼《まなこ》

薄明りに眠れる母の背うつろ救急車にて運ばれてゆきぬ

長病みて貴婦人のごとくなりている母の手ときに宙をさまよう

訪う人に正気あるごとうなずきて我には激しく手払う母よ

母の熱下がりし日には黄のパンジー植え足しており心浮き立ち

下肢の骨三つに手折り入れる壺農に生きたる母の証に

何も言わず逝きたる母は身巡りの日々を日記に遺していたり

亡母《はは》の漬けし梅干しの瓶と我が漬けし瓶とを蔵の中に並べぬ

雪だるま日に日に溶けて頬険し病床の亡母に似てきたるなり

亡母の帯ほどきてかばんを作りおり何か手元に置きたくなりて

いちじくを食みつつ想う疎んじし時ある亡母の繰り返しごと

白杖

白杖の小刻みに揺るるその先に一筋黄色き道あるホーム

六十路過ぎ離婚を決意せし女　紅きイヤリング春にゆらす

不妊の悩み綴られしノート一つぶら下がりおり待合室に

タカアシガニ八本の脚鈍角に開きたるまま爪先立てり

鮭の骨　脂　くさみを取り除き進むテレビの中の白き手

会議室にタバコの臭い残りいて人権めぐる話進みぬ

三叉路の立て札三本の矢印は告別式のある方を指す

母子像

空港のレストランにて蓮ひらく壁画の前に神妙に座す

機関銃のごとき爆音　バイクの群れ　ホーチミン街駆け抜けてゆく

昼下がり立て膝をして札を切る男らの輪が舟影に見ゆ

爆弾の破片で固めし「母子像」が黙したるままで語りかけくる

銃口を突き付けられし女の眼見開いたまま時止まりいる

豚の絵にバツをつけたる機内食イスラム圏に入りたる夜明け

微妙なるワインの味のわかり初めスペインの旅終わりになりぬ

腹に添い我を守りしパスポート体温帯ぶれば臓器のごとし

解説

落合けい子

『二本《ふたもと》』の著者、一色初代さんの「塔」誌上名は、「一色さくら」さんである。あとがきによると、三十七年間の教育職を終えられて、短歌の世界に踏み出されている。教育職といっても、教頭職六年、校長職七年とのことと聞き及んでいる。さぞかし激務をこなされてきたことだろう。

「塔」以前に在籍されていた、「礫」において、合同歌集、『木草の径』を出版されていて、その折にパネラーとして呼んで頂いたのが一色初代さんとの出会いだった。

けれども、その後「礫」を退会され、「塔」に入会されたのは全く知らなかった。

塔での添削を担当するようになり、一色さんから歌稿が届くようになったのだけれども、塔の会員名簿に名前がなく、電話番号も知らないという状況で、紆余曲折ののち、塔では「一色さくら」の名前で歌をだされているのが分かった。その後、お電話がかかるようになり、年齢的にも歌集を出したいとのご相談を伺うようになり、このたびの歌集『二本』出版の運びとなった。

一色さんのお住まいの丹波はなかなかに遠く、塔の歌会にも出席されていないので、著者の自己紹介のような解説から始めるのが良いように思った次第である。
ちなみに、誌上名の「さくら」は愛犬の名前であり、お電話のたびに愛情ふかく「百歳の犬が」「百歳の犬が」と話されていたことを、解説を書きつつ一等思い出している。

八十路過ぎ臥す母なれど手鏡を斜めに持つは女の眼《まなこ》

「あとがき」にある、この一首が一色さんの歌の原風景をよく表出していると思う。
いくつになっても女は女という言葉があり、現在ではジェンダー問題もあり、軽々しく言えない時代ではあるが、女性ならではの視線が感じられる。

女性にも職をと我に教師の道を勧めし母は大正生まれ
女も手に職をと我を育てくれし母の意思継ぐ六人の女孫は

一色さんの人生を決定したのは母親であり、それはまた女孫たちにも引き継がれていったようだ。そして、歌集後半にこんな歌がある。

誇りもち勤めし教育現場なりブラック企業と断じて男孫は

ブラック企業の意味合いとは差異があるが、昨今の報道などからも、生徒のみならず、教員同士のいじめなどの見えない部分を知ることもあり、誇りをもって三十七年間勤めてこられた一色さんにとって、孫の言葉はショックだったことと察することができる。一口に三十七年といっても途方もない時間である。でも、そうした心情を述べずに、事実のみで纏めているから、読み手が著者の思いをくみ取ることができる。また、掲出歌を歌集におさめる強さに、歌へ向かう覚悟と真摯な精神が感じられる。

あとがきの歌では、「手鏡」の道具と、「斜めに持つは」の観察力が一首の効果を高めている。この観察力というか、観察眼は教職時代に養われたのかもしれないが、おそらくは天性のものではないだろうか。見つめる、眺めることが、小さな発見と驚きに繋がっていく。一色さんの日常生活は猪や猿や熊も出没する丹波の自然とともにあり、命あるすべてのものへの愛情と慈しみが宿っている。なかんずく、小さな生き物に向かうとき、歌が輝いてくる。

石の下に生れしばかりの百足の子脚の付け根を動かしており
炎天の墓石の窪みに長々と雨乞い虫は身を潜めおり
初咲きの祖谷《いや》風車《かざぐるま》の葉の上に豆粒ほどのでで虫生れる
台風は逸れてゆきたり色づきし柿のつぶれを蜂は突きおり
六地蔵を這うみどり色のカマキリの右前脚はひとつ欠けおり

一首目の「脚の付け根を動かしており」、二首目の「墓石の窪みに長々と」、三首目の「豆粒ほどの」、次の「色づきし柿のつぶれを蜂は突きおり」、最後の「右前脚はひとつ欠けおり」など、詠う対象を確りと見つめていることが伝わってくる。ことに「右前脚は」の観察は丁寧でリアルだ。なお「雨乞い虫」は雨蛙のことであり、「祖谷風車」はヤマアジサイである。
本集はこうした身巡りの日常詠と夫の歌が大きな柱を形成している。今は亡き夫であるが、生前の夫は実に生き生きと表現されている。

宝くじの発表前配当の仕分け終えたる夫は寝正月
鍬置きてトノサマガエル抱きし夫「縁起がいいぞ」とパチンコに行く

宝くじなど滅多に当たるものではなく、夢を買うものだと分かっているものの、もし当たったらと、家族のだれそれの配当を決めている夫のなんと微笑ましいことだろう。自分のみでなく周りの者も楽しませてくれる。トノサマガエルを抱く夫も想像するとびっくりしたり、可笑しくもある。そして「「縁起がいいぞ」とパチンコに行く」が妙に楽しい。ひょうきんで、少し賭け事も楽しむような愉快な夫だったのだろう。と思うのは読み手の問題なので、一色さんはどう感じられたのかは分からない。そこがこの歌の核であろう。心情を述べずに、事実を積み上げる歌の味わいがある。その夫も、塔では次のように詠われている。

打つ手なく抗癌剤切るとう医師は夫の震える指先を見ず
退院の朝のベッドに振り向きし夫のネクタイの紅鮮らけし
硬き骨一筋残し秋刀魚喰う男孫の手つき亡夫に似て来ぬ

末期癌の抗がん剤治療は延命治療と聞く。打つ手がなくて退院されるのかもしれない。その時のネクタイは紅色だった。しかも鮮やかであった。ネクタイにズームアップする表現が効いている。退院ののち永別とその後の日々が詠われていく。

同居なれど独りと思う日は離れに籠もりて一日を過ごす
我が畑のキュウリしの字に曲がりいて小さきを頭に精霊馬とす

同居でも、一人居でも、人間はそれぞれに孤独で、一人だと認識する悲しみを抱く生き物であろう。あなたも私も孤独であるから、私たちは詠う。ある人は音楽や絵画やダンスなど様々に心の穴埋めをしながら生きている。一色さんは歌の他にも油絵、書道、古文書に野菜作りなど趣味も多彩で、本集にもそれらの一部の写真が挿入される予定とお聞きしていて、楽しみにしている。キュウリの歌からは、昔ながらの盆送りが継承され、日常生活にとけこんでいるのがわかる。都会ではあまり見かけない景ではないだろうか。キュウリは野菜作りを趣味とされている著者の作物であろう。

尿漏れのさくらの薬我と同じ袋に入れて冷蔵庫に保管
しまった愛犬さくらの薬なり我の喉元通りし一服
櫛入れれば老犬の背の骨格の凸凹顕わになりてゆくなり
病む犬をかわるがわるに看る子らに我の老後を重ねてみるも
老犬の便の具合を事細かに家人に告ぐも我の日課とす
生い茂るシダの葉摑み地上根をまたぎて登る我は喜寿なり

家族の一員である愛犬さくらも著者とともに年を重ね老いていく。一色さんはさくらと暮らすうちに、薬も間違えて飲まれたようで、一色初代さんは、一色さくらさんと一体化していくようだ。「骨格の凸凹顕わに」は哀感を誘う。「も」は、最も難しい助詞だが、次歌の「我の老後を重ねてみるも」の「も」は微妙な心理を良く表している。五首目からは、家族のなかで「さくら」が中心になっているようで、幸せな著者とさくらが浮かぶ。かくして、喜寿でも元気はつらつな著者がいる。

ここまで書いてきて、著者の希望もあり、傘寿を迎え自身の来し方を振り返る一色初代さんの思いに添うようにと、人生を重ね過ぎた解説になったような気がしている。

もっと多角的に『二本』を多くの方に読んで頂けたらと願っています。最後に「塔」の一首目の歌をあげます。上の句の場所設定と下の句の景の鮮やかな歌です。

境内にとんどの煙きれぎれにゆずの実五つ黒々と在り

あとがき

本集は私にとって個人歌集として初めての歌集です。二〇一三年から二〇二一年「塔短歌会」の誌上で発表したものをI章にまとめさせていただきました。

なお以前に所属していた「礫の会」の誌上で発表した歌の一部をII章とし合同歌集『木草の径』に発表した歌の一部をIII章としました。いずれも人生における一コマでありこの機会に併わせて収録しております。

歌集名は私の信条としていた芦田恵之助の「バラ二本《ふたもと》」

バラ二本《ふたもと》　一本は花大にして　一本は小　大大を誇らず　小小を恥じず

力の限り　咲けるが美わし

という詩からとりました。

葉を削ぎ落とした樹木の佇まいに惹かれ想画した油絵がたまたま今年度の丹波アートコンペティションの選に入り歌集名の二本《ふたもと》とも響き合うと感じ表紙絵としました。

私は三十七年間の教育職を終えた後二年間の社会教育に携わりました。その前後から始まった父、母、夫のそれぞれの介護を経て最後まで看取ることができました。二人の娘もそれぞれ自立し長女は理解ある良き伴侶に恵まれおじいちゃん子だった孫と共に夫亡きあと故郷にもどり同居してくれていま す。次女も医療関係の仕事に携わりながら私を見守ってくれています。

私は、三人姉妹の長女で女性も手に職を持つように、とまた家制度の濃い時代でしたので跡取りとしての期待も感じつつ育ちました。大学で新しい生き方や考え方を学びましたが人にはそれぞれ持って生まれた役割があるのではないかと思うに到りふるさとで教師の道に進みました。親の願いに添う形で人生が始まり葛藤もありましたが今はこれでよかったと思えるようになりました。かけがえのない家族や愛犬さくらとの出会いにも恵まれ教育職を全うすることができました。
　私と短歌との出合いは母を見舞っての帰り途、短歌研究会「礫の会」の会員さんに誘われたのがきっかけでした。

　八十路過ぎ臥す母なれど手鏡を斜めに持つは女の眼《まなこ》

病床の母の何気ないようすが歌になることが新鮮で心が軽くなりその後歌は私の心の支えになっていきました。

「塔短歌会」では自由闊達に広く老若男女の学べる雰囲気の中で個性あふれる歌人の方々の短歌や論評に接しさらに社会への関わり方なども学ばせていただきました。また選者の方、添削していただいた方、とりわけ落合けい子様には、ご多忙の中、選歌をはじめ身にあまるご解説を賜りましたこと心から感謝申し上げます。ありがとうございました。
　あとになりましたが、歌集の出版をお引き受け下さいました青磁社の永田淳様にはいろいろとあたたかくご指導いただき心より感謝申し上げます。
なお「塔短歌会」の誌上名は一色さくらとしていますので著者名も同一にしています。さくらは母が寝たっきりになって退院する頃に出会った豆柴の小犬の名前です。私の傍で十八年間家族の一員として過ごしてくれました。この春桜の花の精に誘われるように天に召されていきました。享年一〇三歳でした。この歌集が上梓された暁にはさくらがまた蘇りいつまでも生き続けてくれることを願っています。

令和三年三月

一色 さくら
（初代）

著者略歴

一色さくら（いっしき さくら・本名 一色初代）

昭和 17 年　兵庫県生まれ
昭和 35 年　兵庫県立柏原高等学校卒業
昭和 39 年　神戸大学教育学部卒業
昭和 41 年　東京美術研究所退所
平成 14 年　小学校教諭退職
平成 16 年　礫の会入会
平成 21 年　合同歌集『木草の径』発行
平成 25 年　塔短歌会入会
令和 3 年　歌集『二本《ふたもと》』発行

塔21世紀叢書第387篇

歌集　二《ふた》本《もと》

初版発行日　二〇二一年十一月十二日
著　者　一色さくら
丹波市市島町北奥七三四（〒六六九－四三一二）
定　価　二五〇〇円
発行者　永田　淳
発行所　青磁社
京都市北区上賀茂豊田町四〇－一（〒六〇三－八〇四五）
電話　〇七五－七〇五－二八三八
振替　〇〇九四〇－二－一二四二二四
https://seijisya.com/
装　幀　上野かおる
装画・口絵・書　著者
印刷・製本　創栄図書印刷

ISBN978-4-86198-506-5 C0092 ¥2500E